鳥影《TORIKAGE》

花山多佳子
歌集

角川書店

鳥影　目次

装幀　倉本　修

歌集　鳥影

花山多佳子

冷めたるココア

十三夜の月のおもてを流れゆく雲のありしが
朝を時雨るる

新しき車輛の窓の大きければバラスにまじる
草紅葉見ゆ

出羽の國育ちの夫はつね言ひき柿はもともと
みな渋柿

うすももいろにそよぐコスモスいつしらに少
なくなりて濃き花ばかり

めぐりみな若かりしかばめぐりみな老い人と
なる時は来向ふ

息のごとかすかな声に語りをり岡井隆が森岡貞香を

それは私が夜中に見てゐたドラマだと娘が言ひぬ夢を語れば

くれなゐの夕焼けの底に沈殿す百年前の冷め
たるココア

ウナギの卵

大通りは斜めに電柱の影置きて渡りゆきたき
冬の朝なり

掘割の壁をころがり降りながら雀が入る排水
孔に

春雪の気化する街路けぶりつつ生者は薄く亡
き者は濃き

絵葉書を選ばんとして見入りたり等伯の竹鶴
圖その鶴の脚

発見されてをらざることを知らざりしウナギ
の卵発見されたり

いつせいに路面をはしり花びらのひとつ二つと伏せてゆくなる

狂喜して砂浜駆けゆく人々よ「アルジェの戦い」のラストシーンに

月見草

青あをと花韮の葉が一鉢にふえてゆくなり秋ふかむころ

なにがなしさびしくしだいに切にさびし北杜夫この世になしとおもへば

元気でね元気でね　くりかへし孫に言ひしと
その前日に

むらさきを帯ぶる風草ひと束を持ち来しが卓
に影のやうなる

近くの根戸が放射線量高きこと置き薬屋さん
としばし話せり

白い影が近づきてわが身体を通過したりアッ
と叫んで目覚む

みちのくの畑にぽつかり大きかりき美しかり
き月見草の花

秋の月見上げるときにぎざぎざと斜めにくだる蝙蝠ひとつ

うさぎ

この家に兎は老いてゆきしかば背のとがりを
ただ撫づるのみ

野に山に兎は老いることありや耳を掻かんと
転んだりして

かすかなる息の兎がゐるのみの一人の家に帰
りきたれり

うさぎはもう息をしてをらず十一年の終りの
二週間に急激に老いて

冬晴れの窓をひらきて行かしめぬ最後の夜の
うさぎの匂ひを

ベランダのまへの冬木を移り飛ぶひよどりの
声するどき夕べ

残りたるラビットフードを捨てるとき干し草
の濃き匂ひは立つも

いつまでも晴れてゐるゆゑ透きとほる青さに
あらず睦月の空は

題「恵む」三首

指先に操る機器を人々に恵みたりジョブズ氏
は瘦せほそりつつ

「めぐまれない人」といふ人は存在するのか
　白い曼珠沙華

菊芋にも彼岸花にも石蕗にも「救荒」の記載
あり草木辞典に

月蝕

ベランダに乗り出して見る　いま月に影を落
とせる地球に立ちて

いにしへの人ならば如何に畏るらむ大地震の
年の皆既月蝕

かがやきの欠けてゆくとき生なまと月球はあ
り盛りあがる闇

星つよくかがやく夜を赤黒く滲みくる月に祈らんとする

西の空低きに大きな月のあり欠けたる昨夜《よべ》を知らざるごとく

林試の森

着ぶくれてわれは降り立つ「第三の男」流るるプラットホームに

目黒不動尊参道にけふ開いてゐるは鰻屋一店
けむり流して

山手線の内側なれど商ひは成り立つのかとい
ふ店ばかり

林業試験場跡の林試の森に来て風にすくみぬ
冬の木立に

林試の森ただ寒くしてしろじろと立つさるす
べりの大木を見上ぐ

青葉の季ならば良からんと言ひ合ひて歩けど
さしてさうもおもへず

人類のカプセル

冬晴れのつづきて道に薄氷のはることもなし
鶺鴒あるく

この世界に残つた人類のカプセルのやう日赤
新生児集中治療室

新生児のベッドの間にやをら坐りて看護師さ
んがパソコンを打つ

みどりごもその母も眠る朝明けをひとつの声に山鳩の鳴く

ミルクのみながら見上げる　みどりごのときのむすめと同じ瞳をして

象のはな子

ひとたびは会つておくべし老い深む幼なじみの象のはな子に

鼻あげる象のはな子の前にわれいくたびか居
ていくたびか去る

馬も通る水道道路のかたはらに拾ひてをりし
椿ももいろ

いつせいに生れしわれらに消えてゆく後先の
あり戦《いくさ》にあらねば

明けそめし午前六時の信号の赤はつやめく夕
暮れよりも

クレーンの垂らすロープが蜘蛛の糸のごとく
に光り　更地に夕日

春疾風

きさらぎの光あまねく欅木は砥石のやうな
肌《はだへ》に立つも

ももいろの椿ひろへばぽくぽくとうしろを通る馬の足音

夜を戻り坐らぬままに焼く干物ゆでる菜花に夕餉ととのふ

春疾風《はやち》の域を越ゆれば気象用語あらたに爆弾
低気圧といふ

除染といふ言葉になるはふしぎなり放射線汚
染除去を約《つづ》めて

街川

狭き階を這ひのぼりゆく　ざらざらの手摺の
錆にふれないやうに

街川の匂ひとともに花びらの流れてきたり四
階の部屋に

ネパールの三人住む部屋、老女ひとり住む部
屋、間に娘が赤ちゃんと住む

天敵のなきゆゑヒトの赤ちゃんは大声に泣き
何もできない

朝の光さしこむ部屋の壁の罅　去年の地震に
現はれしもの

目黒川流るるらしも布のごと泛びゐし花びら
夕べはあらず

行人坂のぼる余力のありやなし夜の街川のた
だうつくしく

ためし泣き

くさはらに降りて流らふはなびらにまぎれつつ紛れず蜆蝶とぶ

唐桑の海の若布をもどしをり津波ののちの玄《くろ》
きみどりを

二十歳すぎて再会したる母と行きし唐桑の海
青かりしかな

いつまでも眠りは覚めずどの靴も左と右が合はざるままに

「ためし泣き」といふ言葉ゆめに出でてきてゆめのなかでも怪訝に思ひき

芝居の型なくなりしゆゑか最近は子役の泣き
方が真に迫れり

甲羅干ししてゐる亀のうしろ肢のび切つてを
り少し宙に浮き

掘割の排水孔は春すぎて去年の枯葉を吐《ほ》き出
だしたり

黒き瞳のひかり強きを恃むのみこのみどりご
の手術日迫る

葉桜のゆらげば鳥のこゑのして吹き降りの日
の空のあかるさ

旗の台

東京の最も知らぬ界隈を池上線に乗りて過ぎゆく

ベビーベッドに立つ影いくつまひるまの消灯時間の小児病棟

病院にみどりご置けば久々に娘とふたりになりて歩める

旗の台商店街は雑然と商ひにつつ廃れてをらず

旗の台八幡神社はいづかたぞ源氏が白旗掲げし丘の

退院をしたるみどりごと別れ来て朧月なり五月尽日

ゆりの木の道

受話器よりみどりごの声まつしろな曇りの空がひかり帯びきて

大風の吹きたるのちのベランダに夾竹桃の白
ゼラニウムの赤

フランスパンつよく噛みをり暑にこもる日の
唯一の運動として

蛍光灯に打ちあたる蟬をつかまんとして指先
は風に触れたり

ゆりの木の並ぶ坂道いつしらに通行止めなり
除染のために

むしりたる後は収集される草いま生えてゐて
めぐりを囲む

バスに見る中央分離帯の刈りあとにしのぶも
ぢずり抜きん出てをり

日暮里で大方は降り上野までローカル線の車窓のごとし

「鳩レース協会」の看板見えるころ電車は上野構内に入る

コサージュの蘭は造花か生花かと触れてさざめく夕べの宴に

アスリートは或る時点より確実に把握するらし体を頭で

かぎりなく蒸し暑き夜の池のほとり棡にもたれて蓮の葉みてゐる

夜空にはしろじろと雲ひろごりて妙にあかるく蓮池暗し

忍ヶ丘不忍池のくらがりにうごくともなくうごく蓮の葉

蓮池のどんより暗きにつぼみ一つ　遠く犇く
ビルの赤き灯

大木の根もとの洞を覗きみるに続いてゐたり
夜のくらやみに

何の樹か定かならざる太幹を見上ぐれば紅き
半月けぶる

わが顔に当りて消えしカメムシの臭ひはあれど電灯を消す

わが体《たい》より出づるがごときカメムシの臭ひのなかに眠らんとする

除染作業の柵はづされし細道に入りて拾ひぬ
ゆりの木の実を

椎の木はぎつちり青き実を詰めて向き向きに
発射態勢に入る

みどりごをつれて娘は祭りに行き夜店の焼き
そばをわれは待ちをり

団地広場にあがる花火はベランダの前の白猫
を走らしめたり

トランジスター・ラジオ

あるとしもなき蟬声をむさぼるがごとく聞き
つつ八月に入る

蒸し暑き夜に嚙みくだく島根産藻塩使用の塩金平糖

布団の中にトランジスター・ラジオ持ち込みて浪花節聴きゐしはほんとにわれか

新宿の風月堂に集ひゐしヒッピーたちも老いたるならん

二日続けて河野裕子が夢に来て二日目は声のかすれゐたりき

油麩と茄子を煮つけて冷やし置く明日のお昼
の素麺のため

存在するものは発見されてゆくヒッグス粒
子・癌幹細胞

犬連れて集ふ人らを見なくなり団地広場に除
染はじまる

除染中の柵のなかにて重機一台砂場の砂を汲
みあげてをり

鴉鳴くしののめの空に祈りたり今日の一日も
暑くなるらん

歩くフォームに集中してゐる人ばかり夏の朝
の掘割沿ひに

送電塔を染める朝光《あさかげ》　椋鳥と鴉まじりて草をついばむ

笹舟のごとく泳ぐと誰か言ひし入江陵介水脈《みを》を引きつつ

ときめく

四階に見下ろす葉桜ふるはせて飛びだす雀みんな小雀

生まれたては乳のむことの不思議さよ草食獣
も肉食獣も

呼ばれたと思へば娘はみどりごにおかあさん
はねと言つてをりたり

襖あけてはそこに生き物を発見しときめくのだと娘は言へり

濁点のなくなる推移に「どきめく」が「ときめく」になりたるらしも

驟雨きて川のおもてを病葉の流れゆくなり梵字のごとく

みどりいろに澱める川を押し流す雨は霧となり窓より入りくる

この二月生まれたる子は夏の部屋をころがり
まはる固太りして

円盤のやうな藍いろの亀ふたつ浮き沈みする
夢を見てをり

飛ばぬやう日傘の布を押さへつつきのふの歩みの中へ入りゆく

新米

かすかなりし蟬声がかすかな虫の音にうつり
ゆきたり暑の去らぬまま

蒸し暑きこの夕まぐれ新米に手をさし入れて
しばしを居りぬ

ベランダの鉢の支柱にとまりたるトンボにか
がむ赤ちゃん抱きて

つくつくぼふしひとつもなかぬふしぎさにさ
るすべりさくあはひをあゆむ

かつて行きしシンガポールを思はしむふくら
はぎに痛き秋の陽ざしは

洪水に浸りしやいなやアユタヤの大涅槃像の
紅きくちびる

びしよびしよと雨また降れり夕空を映すオレ
ンジ色の鋪道に

街川の対岸より一羽また一羽、鳩わたり来る
秋の朝を

雅叙園の向かひのセブン－イレブンで惣菜を
買ふ朝のひととき

眠る娘に乗りあげてゐる赤ちゃんがふりむきざまに吾に笑へり

震災後一年半が過ぎて今、東京駅はなぜにかがやく

あはあはと月はかすみて十字路に青松虫のこゑのひびかふ

楓《かへるで》は近づくあらしに揺れてをり若葉と違ふ浅きみどりに

ややくに秋冷来たりハリエンジュの垂らす
莢実のくびれるころを

人差し指

秋深し零余子《むかご》の蔓は石垣に鋍かとおもふ影を置きたり

目黒川水位上昇の警報が夜を貫けりアパート
の部屋を

子守唄うたへば娘も孫も寝てとりのこされた
やうなまひるま

見つけたる物に触れんと赤ちゃんの人差し指
がそろそろと出る

雨晴れて水たまりには顔面より墜落したる眼
鏡が光る

味噌汁の椀に残れるシジミ貝を箸で鳴らして
ひとり居りたり

投票

三時草にのこるわづかな実をゆらし十二月け
ふの風のつめたさ

冬の木の梢にぼやけてあるものは病巣ならず
鴉の古巣

着ぶくれて難民のごと並びたり投票所なる小
学校に

投票に並ぶかたはら校庭の除染の土の袋が並ぶ

年末の開票結果の大見出し黒ぐろとあり　かの日のやうに

配送品開けんとしつつ爪かかるところもあらずビニールテープに

暮れ二十八日つひに閉店の本屋に入りてカレンダーを買ふ

食べられないものは何でも舐めるのに食べら
れるものには後ずさりする

みどりごの泣き声に覚めし大晦日だれもかれ
もが居なくなりたり

ノロウイルス・インフルエンザウイルスの巣
窟、さあれ年越す家族

雪の日

雪に傘ひらけばすなはち壊れたり風のつよさ
はそのあとに知る

閉ざされて昂りをりし雪の日の夕つかた早く
睡魔が襲ふ

食料を買ひに出られぬ雪の日の娘と赤ちゃん
を思ふしばらく

雪やみて風ふきつのる　ばちばちと顔に当りくるもの何ならむ

朝焼けはとほくに沈みベランダのまへに積れる雪まだ暗し

雪とける速さに時間が過ぎゆきて夕三日月は
陸橋のうへ

むらさきに黄につやめけりひとたびは雪に埋
もれしパンジーの花

春いちばん

曇りたる三月一日ふき荒るる風はまさしく春
いちばんなり

春いちばんが扉《と》に打ち当り真っ暗なコンテナボックスに閉ざ込められぬ

閉ざ込められてわが思ふらく父親の蔵書とともに死ぬのはいやだ

一瞬の恐怖なれどもそののちをぐつたりとしてわれは居りたり

誕生日のあくる朝《あした》に写メールに送られてきしアネモネの花

さくら

吹く風の暑きに咲いてしまひたる春分の日の
さくらは見上げず

行人坂くだりて渡る目黒川けふ流れをり春の疾風《はやち》に

街川のほとりに積まれゐる土嚢より細き草垂るここに育ちて

両岸のさくらが遠く交はればさくらの上を電車が通る

ベビーカーから身をのりだして初めての草を抜きたりさくら散る日に

煉乳

昭和の子なれどもわれは練乳を苺にかけた記憶のあらず

またの名を練乳といふを知らざりきコンデンスミルクにパンひたしつつ

コンデンスミルクに触るる缶切りの刃をあやぶめり子どものわれは

とりかへしつかざるごとくコンデンスミルク
は垂るる缶の穴より

大正十五年秋　道ばたに棄てられありし煉乳《ねりちち》
の鑵《くわん》のあきがら

*煉乳《ねりちち》の鑵《くわん》のあきがら棄ててある道おそろしと君ぞいひつる
斎藤茂吉『ともしび』

胸の高さに

さみどりの欅の高きこずゑより四十雀の声するどくくだる

戦争は終つてゐないとアメリカに金日成の孫
が言ふなり

「では外の様子です」ＮＨＫアナウンサーが
言ふと渋谷が映る

ひよどりの横顔が見ゆサングラスかければ沈むみどりのなかに

『団地の空間政治学』読み思ひ出す多摩平団地・滝山団地

関はりの深き団地を数ふれば五つ、六つはありてなつかし

若き日はなぜかしら強く思ひゐき歴史なきゆゑ団地が好きと

めざめてより電車は逆の方向に走つてゐると
思へてならず

この車輌がまるごと映つてゐるやうなガラス
戸越しの隣りの車輌

異国の人のゆきかふ夜の浅草の伝法院通り栗の匂ひす

浅草寺にけむりをたぐりつつ仰ぐうす青く灯るスカイツリーを

花植うる人増えてゆくわが団地ひそかに猫を
駆除するらしも

管理組合広報の隅に書いてあり絶滅するまで
猫を処分すと

紅蘭《べにらん》と祖母が呼びゐしは何の花　紫蘭にあらず檜扇にあらず

夫とむすめが筍の皮剝いてゐる気配かんじつつ熱に臥しをり

筍を茹でる大鍋に唐辛子投げ入れてわれは布
団に戻る

這ひ這ひの向き変へるときみどりごの尾鰭の
ごとく動くその足

咳すれば膝に居る子も咳をする咳なのか真似なのか判然とせず

掘割に藻がもりあがり山椒魚のつむりのごとし梅雨が近づく

南国の木の実ならんに枇杷の実の淡き甘さを
ふといぶかしむ

たまさかに風なき夕べ降りきたる蝙蝠ひとつ
胸の高さに

木の匙

木製のアスレチックは鉄製の遊具に変りぬ除
染ののちに

「さびしいが一人がいちばん」老人会七夕の
短冊に書いてありたり

をさなごは歩き始めぬ乾きたる土のおもてに
影を落として

大きなる木の匙たくみにあやつられ幼子の口に粥の入りゆく

おなかいっぱいになるとたちまちにつこりす大人にはなきことの一つに

その母のあたま撫づれば幼子は髪ふり立てて
泣きはじめたり

この夏

炎日の車道の端にカラス居りくちばしも羽も
半開きなり

パーセンテージで消費電力いふことのこの夏
あらず足りてゐるらし

蒸す昼に「ねむいね」といふメール来る自分
から来たメールのやうに

『永遠を瞬間とするこころざし』ではなかつ
たとやうやく気づく

岡井隆『瞬間を永遠とするこころざし』

滑舌よく一〇九歳が語りをり九十年前の関東
大震災を

二十世紀梨の実切れば去年より芯の固さがひろがつてゐる

ゐないゐない　ばあ

朝《あした》には松葉ぼたんより遅く咲き夕べは先に閉
づるポーチュラカ

ポーチュラカの茎切りて土に挿し置けば子どもの描いた絵のやうに咲く

夜の明けぬままの暗さに朝となり簾のやうに雨ふりはじむ

這ひ這ひをしてゐた子どもがいつのまに外を
歩いて手をつなぎくる

剝がれたる木の皮わたせば幼子は幹にしきり
に押しつけてをり

ゐないゐない　ばあと顔出る　暑き口の林の
なかの木のうしろより

蝶のごとき影をおとして眼鏡あり朝のひかり
の畳の上に

視野検査のボタンを押してゐる指が汗ばむ制御できなくなつて

おきぬけにテレビつければ「につぽん」の大合唱がひびきわたれり

歓声のテレビを消しぬ　喘息のおこる間際の
苦しさに居る

交差点の四方より降りくるこの秋の青松虫の
こゑ澄みをらず

全天はうろこ雲なる朝六時ゴミの袋をかかへて歩む

こどもの国

子連れなる者のみがここに集つてゐると思へり「こどもの国」に

金輪際子は乗らぬゆゑ貸出しのベビーカーにはリュックが乗りゆく

サングラスかけたるわれは何も見えずトンネルの中歩いてゐたり

秋の日のしづかなる山羊とつぜんに上目づか
ひに角突き合はす

かたまつて息をしてゐるモルモットに子ら触
れてをり「ふれあい広場」に

青ざめてうしろより来る夫かなケモノの匂ひ
濃くなる園に

小さい影ぼふし

台風の近づく朝バス停に若い女性が立ちて眠りをり

どんぐりとゆりの木の実が散らばれり異なる
種類の弾丸《たま》のごとくに

ゆふぐれは小壜にさしたる犬酸漿《いぬほほづき》ぽちりと白
く花を閉ぢたり

豪華列車ななつ星号に小旗ふり見送る人らに
何のよろこび

ななつ星号のタラップに立ち人々に手をふる
人らに何のよろこび

晴天のつづくになぜか流れある掘割に桜もみぢ流るる

濃き霧の発生したるあかときを誘《いざな》ふごとし信号の赤

「花は咲く」の歌きけば遠く聞こえくる「今
は白い花さく　ああ」

いかなる悲惨ありとも同じ短調に唄はかなら
ず花を咲かせて

晩秋の空暮れゆきてうす青しガス灯のやうな
月のぼりをり

結んでも結んでもするりと髪ほどけ幼子は早
や膝にをらずも

手をひきて夜の道あるけばどこまでも歩く
小さい影ぼふし持ち

常磐線車内の液晶ディスプレイに安倍晋三は
演説してをり

起きぬけに新聞をとりに出でゆきて新聞はまだ世にありと思ふ

とりどりの色にかがよふ欅より落ちる葉つぱはみな茶色なり

歩くのが大好きな子が抱つこひもに抱かれて
小さしバスに乗りゆく

石段を飛ぶやうに降りゆく夢に恍惚として風
を感じる

水平なひかり

冬の木となりたる桜に胴吹きの葉が一、二枚
もみぢしてゐる

をさな子と手をつなぎゆく寒き夜の川べりの
道に人影を見ず

会合の人らのなかに幼子が判別したるヒトな
りわれは

ときをりは自が子のごとき錯覚を持ちしかわれを育てし祖母は

片親といふ言葉消えてひとり親といふ　ひとり子といふ感覚に

抽斗をあちこち開けてゐる夢に祖母が通りぬ
叔母が通りぬ

昼の月ながれてゆきぬバスの外を夾竹桃の並
木のうへを

特定秘密保護法案は可決すれど猪瀬知事まだ
追及されをり

安倍晋三と金正恩の会談を思ひみるなり孫と
孫との

〈格差は開いていい〉高収入の若き人らは
世論調査に

藤棚に枯れたる蔓のばうばうとひろごるを夜
の砂場に見上ぐ

眠りかけしわがかたはらにフランス語こゑや
はらかく息子つぶやく

間際まで着ていくコートに迷ひつつ息子は発
ちぬ寒きカナダへ

思つたほど寒くはないとメール来て後の日の
マイナス三〇℃

刑務所の面会のごとしパソコンの画面の息子
と言葉を交はす

パソコンの画面の息子の背後より異国の子ども近づいてくる

バス停にならぶわれらは冬の朝のひかりに水平に貫かれたり

晴天のおほつごもりに幼子を連れて夫はどこまで行つたか

せはしなく動いてゐた子とつぜんにざしきわらし化して佇めり

布施弁天

この年の初めての声をわが発すポストを離り
ゆく収集の人に

棟と棟のあはひの砂場にまおもてに上る初日
を発見したり

初春の日のさす床に独楽まはるたび幼子もふ
らふらまはる

元日はただにあたたかき日のひかり布施弁天
の石段上がる

女の人の入りたる獅子は舞ひ終へて力なく児
のあたまを嚙みぬ

しづかなる剛者のなかに居るごとし冬の桜の
林といふは

あけぼの山ふもとの日本庭園に放射線量表示
板たつ

夕光くまなき車にをさなごは獅子のごとくに
眠りに落ちぬ

でんぐり返し出来ない老いは幼子にでんぐり
返しさせてよろこぶ

大差なきもののごとくに思はるる「でんぐり返し」と「どんでん返し」

石段を見ればかならず登る子よ雲に気づくはいつの日ならむ

冬の日のすいみんじかんは幼子と重なつてゆく娘もわれも

ぶらんこ

をさなごが初めて乗りしブランコは正月二日の星空の下

ぶらんこに顔うつむけて幼子はかすかな揺れを味はふらしき

夜の路に照らし出さるる欅の幹　コンクリートのやうになめらか

ぽんかんのぽんは何かと調ぶればインドの都
市のプーナに拠ると

正月の三日より六日までのこと断片すらだに
思ひ出せざり

トランプの神経衰弱の気合ひもてプリントいちまい畳にさがす

さ枝よりつぶつぶがみな飛び立ちて真白き冬の雲あるばかり

震災ののち「家族に戻ります」とぞあかねさす日光猿軍団は

訃報

いつせいに山雀放つ冬の木は白雲木と見上げてゐたり

どんぐりのひとつ、ふたつと嵌りをり霜柱と
けたるあとの窪みに

潰されたペットボトルの透明がゴミ収集所の
ふくろに落ちゆく

いつまでも淡あはと咲くベランダの金魚草の
花に雪ふりつもる

歩道よりひとつづきになり広やかな車道に出
でて雪掻く人ら

そこここに雪の残れる舗装路に霰がひとつ跳ねてゆきたり

告げられし名をいぶかしく思ふのみ二月十一日の訃報に

かたはらに居てまざまざと居る感じする人なり在らざる今も

思つてもみないことなり小高さん七十代を生きることなし

栞紐の先見えざれば付け根より引き出したり
引き泥みつつ

宝仙寺の屋根すれすれにあるものは月と気づ
きぬ雲かかる月

東京の大雪ののち訃を聞きて通夜あけてより
ふたたびの雪

メグロ

雪の日にこどもを載せて自転車を曳いていく
娘《こ》は従者のごとし

叫びつつ歩幅みじかくつつんのめりゆく幼子の
意外な速さ

外《と》つ國の巻き舌のやう子がうたふデンデンム
シムシカタツムリのうた

肉眼にやうやく見える蜘蛛の子がうごけば子どものからだ固まる

ゴタンダとエビスはともかくメグロとは書けないと思ふ目黒で降りる

雅叙園の影が覆へる目黒川に粘りをもちて冬
のさざなみ

あきちゃんには抹茶茶碗に味噌汁をついでや
りたり人参赤し

汚れたる白鳥のごと電柱にもたれて残る雪のかたまり

幻影

震災より三年目の春　国会中継はすでに戦時の質疑応答

安倍晋三は実在するのか震災後の幻影のやう
に思ふことあり

かいぼりで捕られし草魚が跳ねあがり、われ
は退りつテレビ画面を

弁天さまに会ひにゆかんか干されたる井の頭
の池に水を張るころ

ふと或る日みづから枝を落としたる欅の木あ
りと春の街にて

畳の部屋二間の娘のアパートの窓より吹き入
るさくら花びら

ふくろふ

つづきたる晴れの崩るる兆しあり風出でて暗
くリラの花たわむ

ふくろふ、と言ひたるらしも幼子が指さしてゐる図案《カット》を見れば

良き眠り得がたくなりて切れぎれの悪き眠りをむさぼり眠る

藤棚にひとふさ垂るるむらさきは垂直に虻を
引き寄せていく

送電塔の真下は刈られず丈高く矩形にそよぐ
茅、犬麦

暗ぐらと吹く風にとぶ雨のつぶ白雲木の花ひらきそむ

吹き寄する霧雨を胸ふかく吸ふプラットホームの夜のベンチに

はがき三枚投函してきてことさらに人とつな
がる思ひのしたり

黒日傘

風に低く鴉が一羽また一羽とび来ては過ぐ紫陽花の上を

怺へれば胸の奥処にとどこほりル・サンチマンのごとき咳かも

からしの黄　たうがらしの赤　わさびの青
辛味といふは色を選ばず

例年より早くかすかに聞こえたる蟬声かすか
なるままに八月

ラジオ体操してゐる夫あまりにも手足ずれを
れば驚きて見つ

黒日傘かぜに捲れて炎日の行人坂に伸びあがりたり

権之助坂の居酒屋ことごとく人らはみ出て熱《ほめ》く夏の夜

颱風の過ぎたる朝の黒土に蟬穴はみな拡がりてゐる

昼の蚊

暑のもどり怖れてをれど秋冷の曇りに淡くさるすべりの花

卒然と暑は去りにけり長雨の日々のテレビの
「蚊」の大写し

二〇一四年デング熱流行

ぬばたまの夜の蚊よりもあかねさす昼の蚊怖
きものとこそ知れ

近づきてカメラは映す木の洞の溜り水にゐる
ぼうふらどちを

虫除けスプレー噴射されたる幼子が泣きはじ
めたり秋の坂道

十五夜の月はあらずもしろじろと蔓延《はびこ》る雲の
色のみにして

ひややけき空気のなかに沁みとほるひとつの
こゑのつくつくぼふし

牢愁の月

いまだ日はのぼらず雨にしめりたる路上に鴉
も椋鳥も居り

あかときをわが歩きゆく眼前を羽うごかして
鴉が歩く

歩道橋の階段の隅に黄の小花もりあがり咲く
万年草なり

いつまでも娘と諍ふ受話器よりおなかいたいと子の声きこゆ

そのあたま皿をはみだすカマスの干物ひとり食べをりニュース見ながら

頭は長大、口は大きく歯は鋭い。辞書にカマスはかく書かれをり

カクレミノの葉むらのなかに鳥が鳴き「ゐるね」と言つて幼子が聴く

過剰なる機械音たて石畳のあはひの青き草刈られゆく

シーソーに跳ねあがりては見下ろしぬ　娘と子どもの笑ひを一つに

たましひが耳より抜けていくごとしシーソーに切る晩夏のひかり

シーソーはseeとsawとの繰り返し恍惚として疲れてゆけり

「オモチカエリデスカ」「ピッ」と言ひつつ
幼子は吾の背中に何か押し当つ

幼子がどんぐり拾へばこのあたり線量高かり
しこと思ひ出す

うちつけに秋は来たりて過ぎし世のなごりの
ごとく咲くさるすべり

牢愁の秋の月見ゆマンションに塗装工事の足
場組まれて

高層をうすずみ色に覆ひたるシートにゆるやかにさざなみ伝ふ

バスタオルの柄みな淡くなりたるをたたみつつゐて秋の夜なり

雫をたらす人を見つめてをりしかど目覚めて
朝の鳩のこゑ聞く

銭湯

目黒不動尊そばの銭湯をりをりに来て浸かる
なり娘《こ》と幼子と

傘はここに入れてください　銭湯の下駄箱の
奥はこんなに深い

カタンカタンと音のひびきて銭湯の洗ひ場は
老女二、三人ほど

幼子の入れる熱さとよろこべば「ぬるい」と
湯より老いの声する

待ち合はす男女のための木の椅子が鉢植ゑの
花に囲まれてゐる

天草

天草の本渡《ほんど》のホテルの夜をひとり大きな鯛を
つつきてゐたり

山並はなだらかなれど条《すぢ》なして垂直に白く霧
たちのぼる

どこまでも山並低くたたなはり雪ふるといふ
天草の雪

天草陶石かくも白きか十字架のペンダント見つむ陶磁器展に

切岸のをちこちに黄のつはぶきの群落まぶし天草﨑津

飛行機で運ばれてわが一時《いっとき》を﨑津天主堂の畳敷き踏む

ガルニエ神父三十二歳天草に着任してよりのちの五十年

邪宗にはもつとも遠きパアテルさんを訪ねてきたる五足の靴は

晴るるらしひとひらの海見えてくる大江天主堂の丘の上より

えも言はれぬ風の吹きけりうす日さす羊角湾
によするさざなみ

屋上の影

目黒川に沿ふアパートに見てをれば河口の方《かた》より日はさしのぼる

朝光《あさかげ》が条《すぢ》なして川面にいたるときいよいよ巨大なり雅叙園は

干し物を持ちて来たれる屋上に三人だけの濃き影おとす

屋上の壁に向かひて走つてはタッチしてくる
幼子とわれ

うつむける幼子の口とがりつつボタンは穴に
ほら、通りゆく

娘らの住む街に自転車を購ひておづおづと漕ぐ権之助坂

アパートの階段に照る電球を「月」とかならず幼子は指す

夕暮れのメトロの標識遠くより子犬の顔のやうに見えくる

磨硝子の向かうのごときどうだんの紅葉《もみぢ》に近づく霧の朝を

よき茶房あれば入りし若き日はつい先ごろの
やうにおもへど

チェーン店は鎖の店と思ふなりブラックバイ
トの記事よみながら

ブラック企業といふ語あれどもホワイト企業といふ語はあらず　ブラックは悪か

財布の中に強き光を発したる百円玉を壜に入れ置く

風おこす器具にて落葉を吹き寄せていく人のありいづくへともなく

シート被りてのつぺらぼうの高層と高層のあはひに昼の月あり

かくだんに進歩の実感あるマスク耳にかける
は変らざれども

夜はとみに目がかすむゆゑはやばやと布団に
入りて咳をしてをり

メリーさんは羊

信号のヒカリの寒き十字路に見あげる月の地
上的なる

声のする鳥見んとして左眼はつぶつた方がまし
と気づきぬ

大通りあるきゆくとき視野とぼしき左側より
冬の日のさす

サングラスかけてもまぶしき日のひかりこの
世見がたくなりにけるかも

ミックスナッツ三袋買ひて蔵ひおく冬眠まへ
の栗鼠のごとくに

冬の夜の月明るくてああああとほとばしり出る幼子のこゑ

整体師の飼ふマルチーズわが膝に飛び乗つてきてしばらく眠る

高速道路逆走をして死に至る老いの末路をなんといふべき

すべり台のステンレスつめたく日を反し着ぶくれた子が上に佇む

「メリーさんは羊、羊、羊」と歌ひゐる幼子
と寒き夜のバスを待つ

曲りくるバスの車体のたのもしさオレンジ色
のあかりともして

眼科

身体の悪いところは左側にみな片寄れり目も
足も手も

眼科なれば番号掲示板にぶつかるほど近づきて見る人の幾たり

美しい女医さんに「お昼は食べました？」と訊かれて少しみじめになりぬ

青空の低きに黒雲あらはれて蝙蝠のごと枯葉
とびかふ

手の窪に落花生おき摘《つま》みゐる祖父の横顔の見
ゆるときあり

枯れ蔓のひかり

はらはらと飛び立ちゆける鳥影をいくたび見
しや冬の散歩に

急坂をのぼれば左右に竹群のそよぐといまも
思へるものを

おばあさんが下枝引つぱるその上にかずかぎ
りなく垂るる柚子の実

ペットボトルの並ぶ冬畑　かぶせたる中にみどりの育ちゐるらし

枯れ蔓のひかりをたどりゆくやうにおもひは壁のうらに至りぬ

痛む足は夢のなかにも痛むなり休講たしかめてキャンパス歩く

二年ほどともに暮らしし寮友の血縁のごとき声を聞きをり

たまさかに感じることあり大徳寺うらの下宿の土間の湿りを

土間の棚から見下ろしてゐた真つ黒な鼠のまなこに吸ひ込まれた日

暮らす

力こめて八朔の皮をむきはじむ籠りて過ぎし
一日の暮れに

端つこから置くにもあらず幼子のためらはず置くジグソーパズル

「見る」と宣言をして鉄柵をにぎりしめたる子は川を見る

母の手をときどき離し幼子は先立ちてのぼる
行人坂を

声あげてころがるからだつくづくと羨みて見
るわれも娘も

蛇口には届かぬものをそのたびに爪先立ちて
子は手をのばす

「暮らす」とは「暗くする」の意　はたらい
てみづからが日を暗くすること

出し忘れ多きこのごろいくつかの街にポスト
のある場所を知る

コンビニのレジでもこの頃は一列に並ばせら
れて一人づつ行く

気づかずに並ばざりしを咎められその場を去りぬ老いたる人は

少女われロードショーにて見し映画「栄光への脱出」「アラビアのロレンス」

ポール・ニューマン、ピーター・オトゥール
に酔ひながらプロパガンダと思ふことなし

さう言へばカラスの声が聞こえない　このあ
たりにも大量死やある

ノブ摑むとき静電気の衝撃は来たり毛糸の手
ぶくろ越しに

タンタンと澄む音ひびきて塗装工事の足場に
雪のしづくが落ちる

冬薔薇

頬ふれてはなびら硬きにおどろきぬひらきそ
めたる冬の薔薇《さうび》の

踏み台に乗りてももはや本棚の本の背文字のたしかめがたく

いちじろく視力おとろへたまさかに成分輸血のごとき読書す

左眼を手もて覆ひて読みゆくに脳はんぶんで
読む感じせり

跳ねながらカスタネットを打つ音のまだかす
かなり　もうすぐ三歳

マスクとサングラス

日の在り処おぼろに見えて三月のうすら寒きに鳩のこゑする

春風の吹くころ目のふち痒くなり物とり落とす物につまづく

むくむくといふかんじにてアレルギー反応は出づ顔のおもてに

めがねの上にサングラスかけマスクして歩き
ゆくとき人の居ぬ世界

サングラスかければしんと美しきうすき青き空
春の白雲

新幹線の三人掛けのまんなかにひたすら眠る
マスクをかけて

新幹線を見れば速さに怯ゆれど中で眠れるこ
とのふしぎさ

抗アレルギー剤のみたるゆゑの眠たさと気がつくころに名古屋を過ぎぬ

原発は逆賊の地に在るといふ論思ひ出す新幹線に

チューリップ

ベランダの前庭いつしか苔庭になりてをりたり木の影置きて

くさぐさの芽吹きを待ちて来し土をこの春苔が覆ひつくせり

塗装工事の足場組まれて長きこと土の異変にかかはりありや

アレルギーに腫れあがりたる春のわが眼《まなこ》は犀のやうに埋もるる

朝起きてみればうれしも塗装工事の足場なくなり外面《そとも》かがやく

ふたたびを息子と暮らす日々となり風つよき
日も買ひ出しに行く

姪のためめに息子が買ひしチューリップが残り
て二人の食卓にあり

電力はなべて水力発電で賄ふと聞くカナダは
寒くも

珈琲にメープルシロップ入れて飲むカナダ帰
りの息子はひとり

目黒不動

「なにしてんの」子は狛犬に訊きながら春の
日ざしの石段の下

「わんわんよ」と子に言ひ「こまいぬ」と言ひ直せしは去年の春の日

柄杓に汲みて飛ばしし水は観音に届かざれども子は手を合はす

小さなる池のほとりの枯草に亀ゐるらしき一つ、二つ、三つ

濁りふかき池に小石のおとされて浮上してくる黒き鯉の背

白峯寺

ふしぎなるものとし眺む火山なき四国に多き
三角山を

栗の音《おん》は「リツ」であること今更に知りたり
栗林《りつりん》公園に来て

さういへば戦慄の慄　毬栗のいがを慄《おそ》るる意
と辞書にあり

お遍路のこゑひびかひて緑萌ゆ怖れつつ来し
白峯寺に

いくそたび巡りし春にひとたびもほどけざり
しや流され人は

画策して追ひ詰めし者の理《ことわり》に追ひ詰められし者を許さず

松山の天狗に囲まれ打ち笑ふ崇徳の亡霊を思ふよろこび

みどり

細切りのめかぶとろとろそのなかに耳のやう
なるひとひらのあり

心身のおとろへてゆく薄暑なり鶯いろのめかぶを啜る

雀鷂《つみ》とふ小さな鷹の白き腹みあげてゐたり五月の梢《うれ》に

さまざまの鳥あつまれるわが団地　めぐりの
林が伐採されて

ゆりの木の広葉ゆらぎてあらはるるみどりの
花をおもひて眠る

あとがき

前歌集『晴れ・風あり』に収録しなかった二〇一〇、一一年の歌を前半に少し加えて、おおよそ二〇一二年から二〇一五年までの歌、四六八首を収めた。第十一歌集になる。

二〇一二年に孫が生まれて日常にかなりの変化をもたらした。変化とともに、時間が急速に流れたような気がする。子どもが育つのがこんなに速いとは思わなかった。いまさらながら、惜しむような心持ちで日々をふり返っている。なにかと身辺はあわただしい時期だったのに、読み返すと歌はのどかだ。ふしぎである。

娘と孫の住む目黒川周辺や、目黒不動のあたりが親しい土地となり、自分のテリトリーが拡がったような気分でもあった。若い頃は中央線沿線、この三十年余は常磐線、千代田線沿線に住んで、山手線の内側というのを、どこもほとんど知らない。いわゆる東京の真ん中を知らないできたのだと気づく。案外にローカルでなつかしい場所がところどころにあって、昭和がそのまま残っているような空気がある。東京はつくづく広い。

この歌集の終りは二〇一五年で、それからもう四年が経っている。この間にも時代は変ってますますシビアになった。短歌はどういうかたちであっても、時代の空気に密着するので、自覚して行かないとと思っている。

この「あとがき」を書いているのは五月だが、歌集の終りも五月で、その中に、

雀鷂《つみ》とふ小さな鷹の白き腹みあげてゐたり五月の梢《うれ》に

という歌がある。わが住む団地の木に止まっていた鳥を娘が見上げて「あれ鷹じゃないの」と騒いだ。後日、娘が団地を散策する鳥にくわしい人に訊いたところ「鷹だよ、鷹、ツミっていう。あの木にいつも来てるの」と教えてくれたそうである。去年だったたか、このツミが街なかにも来ているというのをNHKの番組で取り上げていた。カラスよりも弱い鷹だそうだ。

この団地は鳥がとても多い。さまざまな種類の鳥がいる。近辺の林が伐採され宅地化されて、鳥が団地に集まってきたのだろう。そんな鳥たちに因んで、タイトルを『鳥影』とした。

出版にあたって「短歌」編集部の石川一郎氏、打田翼氏はじめスタッフの方々、装幀の倉本修氏にたいへんお世話になりました。厚くお礼申し上げます。

二〇一九年夏

花山多佳子

著者略歴

花山多佳子（はなやま・たかこ）

1948年　東京都武蔵野市生まれ。
1968年　塔短歌会入会。

塔選者。河北新報河北歌壇選者。

歌集
『樹の下の椅子』、『草舟』（ながらみ現代短歌賞）、『空合』（河野愛子賞）、『木香薔薇』（斎藤茂吉短歌文学賞）、『胡瓜草』（小野市詩歌文学賞）、『晴れ・風あり』など。

歌書
『森岡貞香の秀歌』

歌集　鳥影《とりかげ》

塔21世紀叢書第353篇

2019年7月25日　初版発行
2020年4月 6 日　 2版発行

著　者　花山多佳子
発行者　宍戸健司
発　行　公益財団法人 角川文化振興財団
〒102-0071 東京都千代田区富士見1-12-15
電話03-5215-7821
http://www.kadokawa-zaidan.or.jp/
発　売　株式会社 KADOKAWA
〒102-8177 東京都千代田区富士見2-13-3
電話0570-002-301（カスタマーサポート・ナビダイヤル）
受付時間　11時～13時 / 14時～17時（土日祝日を除く）
https://www.kadokawa.co.jp/
印刷製本　中央精版印刷株式会社

 ISBN978-4-04-884287-7 C0092